Un agradecimiento especial a Michael Ford.

Para Charlie Heaphy.

DESTINO INFANTIL Y JUVENIL, 2014
infoinfantilyjuvenil@planeta.es
www.planetadelibrosinfantilyjuvenil.com
www.planetadelibros.com
Editado por Editorial Planeta, S. A.

© de la traducción: Macarena Salas, 2014

Título original: *Koldo The Artic Warrior*
© del texto: Working Partners Limited 2009
© de la ilustración de cubierta e ilustraciones interiores:
Steve Sims - Orchard Books 2009
© Editorial Planeta, S. A., 2014
Avda. Diagonal, 662-664, 08034 Barcelona
Primera edición: julio de 2014
ISBN: 978-84-08-12841-0
Depósito legal: B. 12.843-2014
Impreso por Liberdúplex, S. L.
Impreso en España – Printed in Spain

El papel utilizado para la impresión de este libro es cien por cien libre de
cloro y está calificado como **papel ecológico.**

KOLDO,
EL GUERRERO DEL ÁRTICO

ADAM BLADE

EL PALACIO
DE HIELO

LA CUEVA CRECIENTE

FREESHOR

EL VALLE DE
GWILDOR

D..

LA JUNGLA ARCOÍRIS

Gwildor

MAR DE GWILDOR

RRAS
LTIVO

PUEBLO
PESQUERO

$\mathcal{B}$ienvenido a un nuevo mundo...

¿Pensabas que ya habías conocido la verdadera maldad? ¡Eres tan iluso como Tom! Puede que haya vencido al Brujo Malvel, pero le esperan nuevos retos. Debe viajar muy lejos y dejar atrás todo lo que conoce y ama. ¿Por qué? Porque tendrá que enfrentarse a seis Fieras en un reino en el que nunca había estado antes.

¿Estará dispuesto a hacerlo o decidirá no arriesgarse con esta nueva misión? Él no se imagina que en este lugar viven personas a las que lo unen varios lazos y un nuevo enemigo dispuesto a acabar con él. ¿Sabes quién puede ser ese enemigo?

Sigue leyendo para saber qué va a pasar con tu héroe...

Velmal

PRÓLOGO

Linus se quedó sin respiración al ver la gigantesca huella en la nieve. Las historias eran ciertas.

—¡Es por aquí! —dijo Dylar señalando con su huesudo dedo el camino helado que tenían por delante.

Las llamas de la antorcha que tenía en la mano lamían el aire, y un humo gris se elevaba en el helado cielo de la noche. Dylar era el anciano de la aldea; la luz naranja iluminaba todas las arrugas de su serio semblante.

Linus era sólo un niño, pero llevaba una antorcha como todos los demás. A pesar del calor de las llamas, temblaba bajo sus gruesas vestimentas de piel. Su aldea, Freeshor, estaba cubierta de nieve todo el año, pero esa noche el frío le había calado en los huesos más que nunca.

Iban a la caza de un monstruo.

—¡Por ahí! ¡Por ahí! —exclamó alguien—. ¡He visto algo!

La gente del pueblo empezó a gritar.

—¿Dónde?

—¡A por la Fiera!

—No hay tiempo que perder.

El grupo siguió avanzando, pero Dylar gritó más alto que los demás.

—¡Alto! ¡Tenéis que manteneros unidos! No podremos atrapar a esta criatura si no trabajamos en equipo. Poned a los más jóvenes a salvo.

Linus no pensaba permitir que lo enviaran a la parte de atrás, con los otros niños. Se metió entre las manos y las piernas de la gente para ponerse delante.

«¡Yo esto no me lo pierdo por nada del mundo», pensó.

El camino ascendía y se hacía más estrecho cuando vieron un brillo más adelante.

—¡Es el hombre de hielo! —gritó un hombre. Linus aguantó la respiración.

La inmensa criatura, tan grande como dos hombres, miraba hacia el otro lado. Su cuerpo helado emitía un brillo azul claro bajo la luz de las antorchas. Linus podía ver a través de su torso algunas partes del cuerpo.

La Fiera se volvió hacia el grupo y rugió con rabia. Su cara estaba formada por superficies planas y ángulos, como si fuera una estatua sin terminar. De la barbilla le colgaban carámbanos, y sus

ojos eran como piscinas de agua congelada. Linus vio que llevaba un escudo
que era más alto que él y emitía un extraño brillo verde. En el otro puño sujetaba un bastón astillado de hielo.

—¿Qu-qué hacemos? —preguntó alguien.

Con un gran crujido, el Monstruo de Hielo levantó un pie y lo dejó caer con fuerza en el suelo. El camino tembló y la gente del pueblo cayó hacia atrás. Pero la criatura no fue hacia ellos.

—¡Rodeadlo! —gritó Dylar.

Los que estaban delante se acercaron y Linus fue con ellos. La Fiera de Hielo se dio la vuelta para salir corriendo, pero los hombres de Freeshor eran más rápidos. La multitud se dividió en dos columnas y la rodearon. Un hombre saltó para subirse a la espalda de la Fiera, pero resbaló y cayó en la nieve. El Gigante de Hielo aulló y levantó un pie para aplastarlo. Linus salió disparado hacia delante moviendo la antorcha. Las llamas danzaban delante de la cara de la Fiera y ésta retrocedió, bajando el escudo y levantando un brazo para protegerse.

Linus se quedó mirándolo con la boca abierta.

¡La Fiera de Hielo tenía miedo al fuego!

Por todo el cuerpo de la Fiera aparecieron gotas de agua mientras el gigante se tambaleaba en medio de la multitud que lo rodeaba y no se atrevía a acercarse al círculo de antorchas en llamas.

Linus dio un paso. Si conseguía quitarle el escudo, se convertiría en el héroe del pueblo. Sujetó su antorcha en alto como si fuera una espada y avanzó hacia su recompensa. La Fiera intentó coger el escudo con sus dedos gruesos y helados, pero Linus lo amenazó con la antorcha.

—¡Atrás! —se oyó decir a sí mismo. La Fiera retrocedió. Linus cogió el escudo y los hombres de Freeshor empezaron a dar gritos de júbilo.

La Fiera parecía más asustada que nunca. Ahora le caían chorros de agua y parecía estar encogiendo.

—¡Destruidlo! —gritó uno de los hombres.

—¡Derretidlo! —gritó otro.

El anillo de fuego lo acorraló cada vez más cerca.

Pero Linus oyó a Dylar gritar entre el tumulto.

—¡No! —En la cara del anciano se dibujó una sonrisa mientras todos esperaban a oír lo que iba a decir—. Hay otra manera...

CAPÍTULO UNO

EL PRIMER RETO

Tom apenas podía sujetarse en la montura mientras *Tormenta* subía por el camino de la montaña. Las Búsquedas de Gwildor eran las más difíciles hasta ahora, y la última batalla que había lidiado con la Fiera *Rok* lo había dejado sin fuerzas.

Sentía un dolor muy intenso en la mano. *Krab* lo había herido con su pinza gigante, y el veneno se había extendido por todo el brazo. Ahora sujetaba las riendas con la mano izquierda y apoyaba la derecha en un costado. Se dio la vuelta para mirar a Elena, esperando que no se hubiera dado cuenta.

«No quiero que se preocupe», pensó Tom. De momento sólo habían conseguido completar la mitad de su misión en Gwildor y todavía les faltaba liberar a tres Fieras del maleficio de Velmal.

De pronto, a *Plata* le cayó una lluvia de piedras en los pies y aulló. Elena dio un grito y se bajó de la montura de un salto. Su mascota se lamía la pata y Tom vio rastros de sangre en el camino.

—¿Está bien? —preguntó.

Elena rodeó el pescuezo del lobo con los brazos.

—Creo que sí —dijo. Levantó la pata del lobo con cuidado y la inspeccionó—. Sólo parece un arañazo.

Cuando Elena volvió a montarse en el caballo, *Plata* ya se había puesto de pie y se mostraba ansioso por seguir. Elena miró hacia el camino rocoso que tenían delante.

—¿No deberíamos consultar el mapa del amuleto? —preguntó.

Tom cogió el amuleto de *Plata* que llevaba colgado al cuello y lo sujetó por delante. Un trozo de esmalte azul brillaba en el centro. El amuleto estaba compuesto de los seis trozos que él había recuperado durante sus Búsquedas en la Tierra Prohibida. En la parte de atrás del amuleto había un mapa que les mostraba el camino que debían seguir en Gwildor.

Tom dio la vuelta al amuleto y vio dos caminos que atravesaban el norte de Gwildor, donde la tierra estaba cubierta de nieve y lagos helados. Uno de los caminos llevaba a la imagen de un hombre. Tom lo observó atentamente y vio que sus brazos y piernas no eran de carne, sino de hielo. Debajo de la figura había una palabra escrita: *Koldo*.

El otro camino daba a un lugar cercano donde aparecía la imagen pequeña de una báscula. Ahí era adonde debían dirigirse primero. En todas sus Búsquedas en Gwildor, el amuleto lo había llevado hasta un objeto mágico que debía encontrar para poder completar su misión.

—¿Para qué servirá esa báscula? —preguntó Elena mirando por encima de su hombro.

—¿Quién sabe? —contestó Tom—. Pero debemos confiar en el amuleto.

Siguieron cabalgando por el camino. Como todo en Gwildor, los colores eran tan brillantes que parecían casi irreales: la hierba era más verde y frondosa que en Avantia y había plantas de todos los colores del arcoíris. Era difícil creer que Gwildor estaba sometido a los maleficios diabólicos de Velmal.

Llegaron al borde de un bosque. Tom

apenas veía nada más allá de la primera línea de árboles. Los troncos y las enredaderas eran muy densos. Una neblina rodeaba las copas de los árboles. Del bosque no salía ni un solo ruido. No había pájaros cantando ni monos aullando. Ni siquiera se oía el crujir de las hojas. El aire parecía inmóvil y muerto.

—A lo mejor deberíamos rodear el bosque —dijo Elena.

Tom miró el mapa y movió la cabeza.

—El bosque es demasiado grande —dijo—. No tenemos tiempo.

Había otra razón por la que Tom quería adentrarse en el bosque: quería practicar con su espada. La mano derecha le dolía demasiado y tenía que probar a sujetar su arma con la mano izquierda para pelear.

Se abrió paso entre las enredaderas y las ramas que bloqueaban el camino, practicando distintos golpes de espada que no le habría costado ningún trabajo realizar con la mano derecha. Sin embargo, al usar la mano izquierda, se sentía muy torpe, y en poco tiempo, el esfuerzo hizo que le doliera el hombro. Empezó a respirar con fuerza.

—¿Estás bien? —preguntó Elena.

Tom cortó un helecho y se encogió de hombros. Un poco más adelante veía la luz del día.

—Ya casi hemos llegado.

Elena le puso una mano en el brazo.

—Tom —dijo—, no tienes que pretender que todo está bien. Sé que te duele mucho. ¿Por qué no me dejas ir en cabeza durante un rato?

Tom bajó la cabeza y notó el rubor en sus mejillas.

—No puedo abandonar —dijo—. Si no soy capaz de cortar unas cuantas enredaderas, ¿cómo voy a enfrentarme a *Koldo*?

—Como quieras, pero si necesitas ayuda, ya sabes dónde estoy —dijo Elena.

Tom le dio las gracias a su amiga y decidió cambiar la espada de mano. Agarró la empuñadura con la mano derecha. Tenía los músculos en tensión.

Cuando llegaron al otro lado del bosque, estaba empapado de sudor. La brisa helada lo dejó sin aliento. Delante de ellos se extendían las Llanuras de Hielo, con su brillo azul y blanco, hasta donde se perdía la vista. Había pequeñas zonas de hierba como islas en la nieve y montañas de hielo que se alzaban como to-

rres por encima de las llanuras, con sus formas escarpadas por los vientos gélidos. No se veía el horizonte. La tierra parecía fundirse con el cielo.

—¡Es precioso! —exclamó Elena.

«Precioso —pensó Tom— y también mortal.»

CAPÍTULO DOS

EN LA OSCURIDAD

Los cascos de *Tormenta* iban dejando un rastro entre la nieve.

—¡Parece un mundo diferente! —dijo Elena. Su aliento formaba nubes blancas en el aire—. ¡Y hace tanto frío!

Tom detuvo a *Tormenta* para ponerse los abrigos de piel que llevaban en las alforjas. *Plata*, con su grueso pelaje, parecía que no notaba el frío y corría animadamente por la nieve.

Siguieron trotando y pronto desapareció el camino. Ahora estaban cruzando un desierto. Las ráfagas de aire helado atravesaban el camino y Tom sentía que se le entumecía la cara del frío.

—No sé cuánto tiempo vamos a resistir aquí —dijo.

Los glaciares montañosos se alzaban ante ellos y Tom dirigió a *Tormenta* hacia su sombra para resguardarse del viento. La nieve no era como la de Avantia. Los copos de nieve brillaban como el cristal, y él tenía que entrecerrar los ojos para protegerse del brillo del sol. *Plata* trotaba entre la nieve y se detenía de vez en cuando para sacudírsela de su grueso pelaje.

Tom consultaba el amuleto cada cien metros. «Si nos perdemos aquí —pensó—, nunca encontraremos el camino de vuelta. Y jamás conseguiré liberar a *Koldo*.»

Volvió a mirar el amuleto y comprobó que se estaban acercando a la báscula.

Estaba dentro de una cueva con forma de luna creciente. En el mapa se veían dos entradas, una a cada extremo.

Con un poco de suerte, eso significaba que podrían atravesar la cueva sin tener que dar marcha atrás. Tom sabía que si no encontraba la báscula, no se podría enfrentar a *Koldo*, y liberar a la Fiera significaba estar un paso más cerca para poder ayudar a Freya y que consiguiera liberarse de Velmal.

«Si es que puede liberarse», pensó seriamente.

La primera entrada de la cueva apareció en un lado del glaciar que tenían enfrente. Se veía claramente un agujero negro en la vasta explanada blanca. Tom y Elena se bajaron del lomo de *Tormenta*.

—La otra entrada debe de estar escondida en el otro lado del glaciar —dijo Elena.

—Los animales no pueden venir con nosotros —dijo Tom mientras las nubes de su aliento se congelaban en el aire—. A *Tormenta* le resultaría muy difícil subir por esa cuesta de hielo. Tenemos que entrar y salir de la cueva rápidamente. —Vio que las puntas del pelo de

Elena estaban cubiertas de escarcha—. Pero hace demasiado frío para dejarlos aquí fuera.

—Sé lo que tengo que hacer —dijo Elena con un brillo en los ojos. Le quitó las riendas a *Tormenta* y las ató holgadamente alrededor del pecho y las patas delanteras de *Plata*, como si fuera un arnés. Después pegó un silbido y *Plata* empezó a caminar haciendo círculos con *Tormenta* detrás.

—Eso los mantendrá en calor —dijo Elena.

Tom sonrió al ver la astucia de su amiga.

—Vamos —dijo—. Tenemos que darnos prisa.

Subieron por la cuesta hasta la entrada de la cueva, resbalando y sujetándose uno al otro para no caerse. A Tom le costaba trabajo sujetarse con la mano herida, y Elena lo ayudó a subir hasta la cueva. Se asomaron al interior oscuro, donde el aire parecía más frío todavía. Notaron un extraño olor a animal. Al cabo de un rato, Tom consiguió que se le acostumbraran los ojos a la penumbra y sintió una punzada de miedo. La entrada era estrecha y bordeada por rocas afiladas.

—Mira —susurró Elena señalando al suelo. Había un charco poco profundo en el que flotaban unas plumas. Tom se llevó un dedo a la boca para decirle a su amiga que no hiciera ruido. Si había algo vivo ahí dentro, seguro que no estaba acostumbrado a las visitas.

Se metieron en la oscuridad de la cueva y avanzaron a tientas. El único sonido que se oía era el de su respiración y el goteo del agua. Tom se había colocado la vaina de su espada en el lado izquierdo para tener la empuñadura a mano, pero tenía los dedos entumecidos del frío. A Elena le castañeteaban los dientes y Tom sabía que muy pronto él estaría igual.

Sujetó el escudo con la mano derecha. La campana que le había dado hacía tiempo *Nanook*, el monstruo de las nieves, lo protegía del frío de la cueva. Frotó suavemente la campana y notó que el aire que los rodeaba se volvía más cálido, como si se hubieran metido en una ráfaga de aire caliente.

—Gracias —susurró Elena.

Los ojos de Tom se fueron ajustando gradualmente a medida que avanzaban por el túnel. Miró el amuleto. Según el mapa, estaban muy cerca de la báscula.

Se oyó un ruido un poco más adelante.

Tom desenvainó la espada con la mano izquierda pero casi se le cae. El peso de su arma le resultaba poco familiar.

—¡Vamos! —dijo para animarse a sí mismo—. ¡Concéntrate!

Apretó el puño con fuerza en la empuñadura.

Unas sombras trepaban por las paredes dibujando unas formas espantosas. De pronto, el aire se llenó de unos graznidos furiosos.

—¡Agáchate! —gritó Tom.

Los dos amigos se pusieron de rodillas y algo les pasó por encima chillando.

Cuando el sonido pasó, Tom se volvió a poner de pie con mucho cuidado.

—¿Qué ha sido eso? —preguntó Elena mirando hacia atrás.

Volvieron a oír el ruido, pero esta vez Tom permaneció de pie. A la vuelta de una esquina, aparecieron cinco pájaros. Sus ojos brillaban amenazantes. Tenían el cuerpo negro y brillante, y la barriga gorda y blanca. Sus picos era de color amarillo brillante y sus alas cortas no parecían muy aptas para volar. De vez en cuando, uno se lanzaba hacia el suelo y revoloteaba unas cuantas veces antes de dejarse caer sobre sus patas palmeadas.

—Qué aspecto más ridículo tienen —se rio Elena.

Tom bajó la espada. Cuando los pájaros se acercaron, vio que sus plumas no brillaban y estaban cubiertas de babas. Un olor a podrido se le metió por la nariz. Los pájaros se lanzaron hacia los dos muchachos y empezaron a picarles los tobillos, como si los estuvieran retando a una pelea. A pesar de sus alas grasientas, sus ojos emitían un brillo perverso.

—Creo que son criaturas de Velmal —dijo Tom.

Al oír mencionar al brujo malvado, los pájaros empezaron a graznar. Uno de ellos pegó un salto y aterrizó encima del escudo del chico agarrándose con sus patas retorcidas. Mientras Tom intentaba desprenderlo, saltó otro y le picó en la cara. Tom se los quitó de encima y Elena les dio patadas. El chico blandió la espada delante de ellos como advertencia.

«No quiero herirlos —pensó—, pero no pienso dejar que me hagan daño.»

Las criaturas se dieron la vuelta y se alejaron aleteando hacia la boca de la cueva. Mientras desaparecían, sus graz-

nidos sonaron en la cueva como una risa burlona.

—Vamos —dijo Tom corriendo por el suelo resbaladizo de la cueva—. ¡Mira!

—La báscula —exclamó Elena. Allí estaba, en el fondo de la cueva, brillando en un hueco de la pared. El cobre destellaba bajo la débil luz que se metía por las grietas del techo de la cueva.

—¡Tenemos que coger la recompensa de Freya! —gritó Tom.

CAPÍTULO TRES

EL ENEMIGO
SE DESPIERTA

Tom oyó que Elena se acercaba por detrás y sintió su mano en el hombro.

—¡Tom! —susurró—. Mira las paredes.

Él miró hacia el lugar que señalaba Elena. Ahora que estaban más cerca veía que la báscula estaba rodeada de una capa de hielo.

—Parece que las Búsquedas nunca son fáciles, ¿no? —dijo Tom sonriendo.

Se acercaron. Tom pasó la mano por la superficie del hielo, que era tan gruesa como su brazo. De cerca, la báscula brillaba como el oro. El chico vio que era una pieza bastante delicada, no como las que usaban los mercaderes de su pueblo. ¿Cómo lo iba a ayudar en su Búsqueda?

—¿Cómo la vamos a sacar? —preguntó Elena.

—Si consigo romper el hielo con la espada... —empezó a decir Tom.

Su amiga se llevó la mano a la boca. Tenía los ojos abiertos con una expresión de miedo mientras asentía y miraba por encima del hombro de Tom. Él se dio la vuelta.

A apenas diez pasos de él descubrió al oso blanco más grande que había visto en su vida. Estaba tumbado, con los ojos cerrados y la cabeza apoyada en sus patas delanteras. Las uñas del animal, amarillas y retorcidas, eran tan largas como los dedos de Tom y parecían tan afiladas como los espolones de un águila. Por el suelo, había huesos y cráneos de animales esparcidos.

El muchacho notó unas gotas de sudor que le bajaban por la piel.

Elena movió la cabeza señalando el lugar por donde habían entrado. Estaba claro lo que quería decir: «¿Deberíamos volver?».

Tom se volvió hacia el animal dormido. Si lo despertaba, se pondría furioso. No podía arriesgarse a que el oso los hiriera, pero tampoco podían irse ahora. ¿Cómo iba a liberar a *Koldo* con la báscula atrapada entre el hielo?

Tom se acercó a Elena para susurrarle algo al oído.

—Tenemos que coger la báscula —dijo.

Ella apretó la mandíbula con determinación.

—¡Pero no hagas ruido! —contestó.

Tom desenvainó la espada, y el metal de su arma hizo un ruido al salir de la vaina de cuero. El oso se volvió ligeramente y movió su nariz negra.

Elena cargó una flecha en su arco.

Tom sabía que su amiga nunca mataría a un animal indefenso, pero si el oso se despertaba y veía que lo estaban apuntando con un arma, seguramente se lo pensaría dos veces antes de atacar.

Tom puso la punta de la espada en el hielo y sujetó el filo con su mano buena para que no se moviera. Apoyó el hombro en la empuñadura haciendo salir una viruta de hielo que voló por los aires y cayó ruidosamente en el suelo. Sintió que una gota de sudor le bajaba por la ceja y observó cómo caía al suelo de la cueva y se congelaba inmediatamente.

«Tengo que conseguirlo —pensó—. Vamos.» Volvió a apretar la espada y consiguió sacar otra lámina de hielo. Iba a ser un trabajo largo y lento.

«¿Y por qué no...?» De pronto le vino una idea a la cabeza.

Dejó la espada a un lado mientras Elena lo observaba confundida. Tom levantó el escudo hasta la pared. Si la campana de *Nanook* los podía mantener calientes, a lo mejor también podía derretir el hielo. Elena entendió lo que estaba haciendo y sonrió.

En poco tiempo, aparecieron gotas de agua en la superficie de hielo. Lentamente el hielo se iba haciendo cada vez más fino con cada oleada de calor. Tom no dejaba de observar al oso dormido. Los flancos del animal se movían con su profunda respiración.

De pronto, el hielo crujió y se desprendió un trozo muy grande. Con un chasquido, la lámina de hielo se cayó al suelo haciéndose pedazos.

Elena y Tom se quedaron inmóviles mirando al oso.

—No, por favor —murmuró Tom—. No cuando estamos tan cerca de conseguirlo.

Le habría gustado que el oso siguiera durmiendo, pero no pudo evitar un grito de alarma al ver que el animal abría las mandíbulas para bostezar. Tom vio sus enormes dientes blancos que brillaban en su garganta roja.

Lo habían despertado.

El animal se movió perezosamente, estiró las patas y, al levantar la cabeza, vio a Tom y a Elena. Abrió la boca para lanzar un rugido mientras se ponía de pie sobre sus patas traseras. Ahora Tom veía lo grande que era, el doble de alto que él. A su lado, hasta *Tormenta* parecería pequeño.

El oso rugió. Tom y Elena sintieron su aliento caliente y apestoso. De la mandíbula del animal salían chorros de babas. Tom no podía apartar la vista de sus afiladas garras.

El oso se puso de cuatro patas y empezó a correr directo hacia ellos. Tom vio

que el arco de Elena colgaba inútilmente en sus manos. Su amiga se había quedado paralizada de miedo mientras el oso galopaba por el suelo de la cueva, moviendo el cuerpo de un lado a otro. En unos segundos lo tendrían encima.

—¿Qué hacemos? —consiguió decir Elena.

Tom sabía que debía pensar rápidamente, antes de que el oso pusiera fin a su Búsqueda y a sus vidas para siempre.

CAPÍTULO CUATRO

SALVADOS POR LOS PELOS

El oso lanzó un temible rugido y pegó un salto. Elena consiguió empujar a Tom y lo apartó del camino justo a tiempo.

Su enemigo se estrelló contra la pared de hielo, enviando astillas afiladas como dagas por el aire. El oso gruñó de dolor al chocar con la nariz en la pared de la cueva. Retrocedió y volvió a lanzar otro rugido apestoso mientras se volvía hacia los dos amigos. El inmenso animal se encontraba entre ellos y la báscula.

—¡Gracias por salvarme! Ahora, quédate atrás —le dijo Tom a Elena. Ella asintió y retrocedió sin estar muy convencida.

El oso se dirigió hacia Tom y le lanzó un zarpazo. El chico se agachó esquivando las garras afiladas mientras buscaba la manera de conseguir la báscula. Pero el oso era demasiado grande. Cuando volvió a atacarlo, Tom blandió su espada. El oso rugió y retrocedió, abriendo sus mandíbulas babeantes. Chorros de saliva cayeron al suelo de la cueva. El inmenso animal dio unos pasos, haciendo temblar el suelo y obligando a Tom a retroceder. Éste blandió la espada en el aire, pero su arma no intimidaba al animal, que estaba cada vez más cerca. Poco a poco, Tom iba retrocediendo.

—¡Tengo una idea! —gritó Elena—. Pásame el amuleto. —Tom confió en su amiga y se lo lanzó—. ¿Puedes mantenerlo alejado? —preguntó.

Hubo un movimiento repentino cerca de la cara de Tom, e instintivamente, levantó el escudo en el aire justo a tiempo para bloquear la garra del oso. La fuerza del impacto se propagó por su brazo herido y no pudo reprimir un grito de dolor.

—Creo que sí —contestó—. Pero date prisa.

Elena no perdió ni un instante. Se fue hacia la boca de la cueva y desapareció.

Tom se había quedado solo. Decidió avanzar hacia el oso, haciendo arcos en el aire con la espada. El dolor le hacía gritar, y con cada grito, los ojos del oso parecían entrecerrarse de placer. Tom cogió la espada con la mano izquierda.

Sabía que así no podría luchar igual

de bien, pero ¿qué otra opción le quedaba? Mientras blandía la espada hacia el animal, la empuñadura se enganchó con un trozo de roca. Al no tener tanta fuerza en la mano izquierda para sujetarla con firmeza, se le cayó la espada al suelo haciendo ruido.

Aterrizó a los pies del oso y Tom se lanzó hacia delante para recuperarla. El oso bajó una de sus patas y Tom se echó hacia un lado, pero no fue lo suficientemente rápido. El animal lo golpeó y lo tiró contra la fría pared de la cueva. El oso empezó a acercarse peligrosamente con la boca abierta. Tom se tambaleó y consiguió ponerse de pie, pero le caía un reguero de sangre por la mejilla.

En ese momento, Tom vio un brillo detrás del oso y el corazón le latió con fuerza. ¡Elena! ¿Cómo había llegado hasta ahí? Entonces lo recordó: ¡la otra entrada! Vio la cabeza y los hombros de su amiga, que se asomaba por la pequeña apertura de la cueva.

A su lado, Tom distinguió las patas de *Tormenta*. Elena se llevó los dedos a la boca y silbó.

El oso se volvió aparatosamente para mirarla. Pero no por mucho tiempo.

Volvió a darse la vuelta hacia Tom y gruñó fieramente.

—¡Elena, vuelve a distraerlo! —gritó Tom.

Elena silbó de nuevo, pero esta vez el oso la ignoró y se lanzó hacia Tom, con las garras cortando el aire. Éste se tiró hacia atrás. Oyó un silbido en el aire y después un ¡pum!

El oso rugió y se dio la vuelta. Tom vio que una de las flechas de Elena se había clavado en su pata. No era suficiente para herir a un animal tan grande, pero por lo menos había conseguido llamar su atención.

—¡Ahora o nunca! —murmuró Tom para sí mismo.

Lanzó la espada por los aires y su arma salió volando por la pared de la cueva por encima de la cabeza del oso. La punta se clavó en el hielo. El animal se volvió de nuevo hacia Tom, pero esta vez, éste estaba preparado. Empezó a correr hacia la pared cada vez más rápido. El oso lo persiguió, pero en el último segundo, Tom apoyó un pie en la pared de la cueva y dio una voltereta en el aire para coger la espada. Los dedos de su mano izquierda se cerraron en la empuñadura.

Saltó de nuevo con la espada en la mano y esta vez se impulsó apoyando las piernas en la cabeza del oso. Voló por el aire y cayó detrás de él. Ahora estaba cerca de la báscula. Estiró la mano y la sacó del lugar donde había estado escondida.

Después salió corriendo hacia la segunda entrada.

—¡Espera! —dijo Elena—. Tengo que hacer el agujero más grande.

—Vale, pero date prisa —dijo Tom agachándose y mirando nervioso por encima del hombro.

Afortunadamente, el oso era demasiado grande y no consiguió meter su inmenso cuerpo por el túnel que daba a la entrada. Pero ¿cuánto tiempo tardaría en lograrlo?

Tom notó una lluvia de hielo y se tapó la cabeza con las manos. *Tormenta* estaba pateando con los cascos las paredes que rodeaban la entrada. Muy pronto consiguió que hubiera suficiente espacio para que el chico pudiera salir y caer en la nieve.

—Gracias —jadeó mientras se quitaba la nieve de encima. El rugido del oso llenó la cueva que tenía detrás, y su cara furiosa y babeante se asomó por la estrecha apertura. Pero Tom estaba a salvo. Era imposible que el oso saliera por el agujero. Se levantó y entonces le dio unas palmaditas en el cuello a *Tormenta*.

»¿Cómo conseguiste encontrar la segunda entrada? —le preguntó Tom a Elena.

Ella levantó el amuleto.

—Tú dijiste que siempre debíamos confiar en el amuleto —contestó.

Plata olfateó la báscula que tenía Tom en la mano y aulló.

—Espero que esta báscula nos sirva de ayuda —dijo él metiéndola en la bolsa de cuero donde guardaba las otras re-

compensas de Freya. Tembló al oír otro rugido del oso.

»Las criaturas de Velmal están por todas partes —dijo mientras volvían hacia las llanuras heladas—. Y sólo llevamos la mitad de la Búsqueda.

¿Qué nuevos peligros los esperaban?

CAPÍTULO CINCO

UNA FIERA ENCADENADA

Ya estaba anocheciendo cuando seguían la ruta entre los campos nevados que les indicaba el amuleto. Por fin llegaron a un camino con huellas heladas de carretillas.

—Debemos de estar cerca de un pueblo —dijo Elena.

A Tom le llamó la atención una luz en el horizonte. Al principio le pareció que era el brillo del sol poniente, pero entonces vio unas llamas y humo.

—Ahí se está quemando algo —le dijo a su amiga—. A lo mejor necesitan ayuda.

Tom le clavó los talones a *Tormenta* en los costados y el caballo salió al galope por el camino. Sus cascos salpicaban nieve en las piernas de Tom. Pronto llegaron a una valla y unas pequeñas cabañas.

Tom aminoró la marcha al ver a un grupo de cuatro viajeros envueltos en pieles. Se reían y se daban palmaditas en la espalda. Cuando Tom y Elena pasaron a su lado, levantaron la vista.

—Tienes un caballo magnífico —dijo un joven—. ¿Habéis venido a ver al hombre de hielo?

¿El hombre de hielo? Tom sintió una punzada de ansiedad. No podía ser *Koldo*, ¿o sí? Seguro que la gente de Gwildor no sonreiría al hablar de la Fiera. Sobre todo, si estaba sometida al maleficio de Velmal.

—¿Qué sabéis del hombre de hielo? —preguntó Elena.

—Pues que está hecho de hielo —se rio un hombre—. Y que la gente llega a Freeshor desde todas partes de Gwildor para verlo.

—¿Freeshor? —preguntó Tom.

El hombre los miró y frunció el ceño.

—Estáis muy perdidos, ¿no? Bueno, no pasa nada, el hombre de hielo no se va a ir a ninguna parte. Deberías ir a verlo.

Tom volvió a darle con los talones a *Tormenta* y se alejaron del grupo.

En las estrechas calles de Freeshor vieron niños jugando, abrigados para el frío. El humo salía de las chimeneas y un aroma a guiso se escapaba por las ventanas. Tom se alegraba de volver a estar en un pueblo. No había ningún indicio de que hubiera un incendio, y nadie parecía sentirse preocupado.

—Todo parece estar en orden —dijo Elena—. No lo entiendo.

Tom movió la cabeza.

—Yo tampoco. Esta gente vive al lado de una Fiera, pero no parece que les dé ningún miedo.

El amuleto no se habría equivocado, ¿o sí?

Muy pronto llegaron a la plaza del mercado. Había puestos con rollos de tela y castañas asadas. Las marcas de trineos atravesaban la nieve, y unos perros atados gruñían inquietos a *Plata*.

Mientras los dos amigos desmontaban, Tom desenvainó la espada y la sujetó con la mano izquierda. La mano derecha le seguía palpitando de dolor por el veneno de Krab.

—¿Por qué has sacado la espada?

—preguntó Elena con el ceño fruncido.

Tom observó el horizonte.

—Puede que esta gente no sea consciente del peligro que corre, pero eso no quiere decir que la Fiera no esté al acecho y ataque en cualquier momento —dijo.

—¿Quiere paja para su caballo, señor?

Tom se volvió y vio a un niño que tendría su edad. Cuando el niño vio la espada, abrió los ojos y observó la cara de Tom atentamente.

—Eres tú, ¿verdad? —dijo el niño.

Tom intercambió una mirada de ansiedad con Elena.

—Yo soy... ¿quién? —preguntó.

El niño sonrió.

—El hijo de Gwildor. Seguro que conoces la profecía: *El hijo de Gwildor que viene del Este salvará a las Fieras cueste lo que cueste.* Todos hemos oído hablar de ti.

Tom recordó que Castor, el pescador, también lo había llamado el hijo de Gwildor. Después habían visto aquel cuadro durante su búsqueda de *Halkon*. Era un retrato de un chico igual que él, pero que sujetaba la espada con la mano izquierda. Ese niño también parecía creer que Tom era el hijo de Gwildor, quienquiera que fuese esa persona.

El niño hinchó el pecho.

—Pues llegas demasiado tarde. Ya tenemos todo bajo control. Hemos aprisionado al hombre de hielo.

—¿Aprisionado? —dijo Tom—. ¿Cómo?

—Déjame que te lo muestre —dijo el niño—. Por cierto, me llamo Linus.

Linus los llevó hasta el centro del pueblo y después se metió por un camino de madera de pino. Hablaba sin parar por encima del hombro a medida que avanzaban.

—Freeshor nunca ha sido un lugar famoso. Al fin y al cabo, ¿quién iba a querer visitar un lugar donde siempre hace frío? Pero ahora que hemos atrapado al hombre de hielo, todo ha cambiado. La gente viene de todo Gwildor para ver nuestro botín. Nos está dando bastante dinero.

Pasaron cerca de un grupo de gente que compraba comida de los mercaderes que vendían sus productos entre la multitud. Tom envainó la espada, no quería asustarlos. Oyó el chasquido de una hoguera más adelante y vio el brillo del fuego entre los árboles. Pero nada lo habría podido preparar para lo que estaba a punto de ver en cuanto descendiera al claro.

Cuatro inmensas antorchas de las que salía una humareda del tamaño de un hombre delimitaban las esquinas de un cuadrado sobre el lago helado. En el medio, sentado en el suelo, estaba...

—*¡Koldo!* —exclamó Elena.

El cuerpo de hielo de la Fiera brillaba bajo la luz de la hoguera. El hielo que formaba sus brazos se estaba derritiendo. Tenía cuatro cuerdas atadas al cuello que a su vez estaban amarradas a

cuatro inmensas rocas situadas entre las antorchas. La Fiera tenía la cabeza agachada.

Más allá de las antorchas, hombres y mujeres movían unos palos en el aire y daban gritos de júbilo. Otros se limitaban a mirarlo asombrados.

—Bueno, ¿qué te parece? —dijo Linus orgulloso.

Tom se había quedado paralizado por la sorpresa. Normalmente, cuando veía a una Fiera por primera vez, le embargaba una sensación de miedo. Pero esta vez sólo sentía pena.

—Por supuesto —continuó Linus—, no podemos poner las antorchas demasiado cerca de él porque se derretiría inútilmente. Ya ha encogido mucho desde que lo capturamos, pero parece que no deja de producir hielo.

Tom se volvió hacia Elena y vio que tenía lágrimas en los ojos.

—¡Es horrible, Tom! —dijo.

El muchacho observó a la Fiera y buscó alguna señal del maleficio de Velmal. Todas las Fieras a las que se había enfrentado en Gwildor tenían algo, una pinza verde o plumas verdes, pero *Koldo* no tenía nada en el cuerpo que pareciera estar envenenado. La Fiera no ofrecía resistencia ni intentaba huir.

Estaba allí, encogida, con la cabeza agachada.

Tom cogió a Linus por el brazo.

—Debo hablar con los ancianos del pueblo —dijo.

Linus pareció alarmado.

—¿Por qué? ¿No quieres ver al hombre de hielo de cerca?

—Por favor —apremió Tom—. Es importante.

Linus asintió lentamente y los llevó por otro camino. Mientras el ruido de la gente se apagaba, Tom le susurró a Elena:

—Creo que han cometido una horrible equivocación.

CAPÍTULO SEIS

UN VIEJO ENEMIGO

No habían llegado muy lejos cuando oyeron la voz de una mujer.

—¿Linus? ¿Linus?

—Es mi madre —dijo su guía—. Tendría que haber ido a casa hace rato.

Delante de ellos apareció una mujer rechoncha con un delantal.

—¡Linus! —dijo—. Ahí estás. Ven inmediatamente a casa, la cena se ha quedado más fría que el hombre de hielo.

La mujer agarró a Linus por el brazo y se lo llevó. Mientras se alejaba, el chico les dijo:

—Bajad la colina e id por el camino de la izquierda al Centro de Reuniones. Allí encontraréis a los ancianos.

Tom y Elena siguieron sus indicaciones. *Tormenta* temblaba y *Plata* dejaba huellas silenciosas en la nieve.

En el borde de la plaza del mercado, se encontraron con un grupo de gente asando un cerdo en una hoguera. Estaban teniendo una conversación bastante agitada. Un hombre alto y delgado les ofreció un trozo de pan con algo de carne.

—Gracias —dijo Tom mientras Elena dejaba caer unos trozos en la boca de *Plata*.

—Es un placer —dijo el hombre—. Bueno, ¿qué os parece?

—¿El qué? —contestó Tom clavando los dientes en el pan.

—¡El hombre de hielo, por supuesto! Gertrudis piensa que no deberíamos tenerlo atado, pero nunca nos había ido tan bien. Ahora que Freeshor se ha convertido en una atracción, hay carne para todos.

—La carne no lo es todo —dijo la mujer que estaba sentada enfrente y que Tom supuso que era Gertrudis—. ¿Qué me dices de la pesca, Simón? Desde que ha llegado su Majestad Helada, no hay peces. Me parece bien que venga la gente al pueblo, pero no si se van a comer nuestra comida. Ahora tenemos suficiente, pero ¿qué va a pasar cuando nos quedemos sin caza?

Tom miró a Elena, que apenas había probado bocado y tenía una expresión de preocupación en la cara. Sí, los del pueblo habían compartido su comida con ellos, pero ¿cómo iba a ser capaz de comérsela?

—Ninguna Fiera debería pasar por esto —murmuró a Tom. En ninguna de sus Búsquedas habían visto que les arrebataran la dignidad a sus enemigos de aquella manera.

—Tienes razón —contestó Tom—. Vamos, tenemos que encontrar el Centro de Reuniones.

Se alejaron de la hoguera y siguieron el camino que Linus les había indicado. Estaba pavimentado con rocas pequeñas y planas. Muy pronto vieron un edificio grande que se alzaba por encima del camino y tenía un color azul claro bajo la luz de la luna. Corrieron hacia allí y Tom puso las manos en uno de los inmensos bloques que formaban las paredes.

—¡Es un castillo de hielo! —dijo.

Un suave murmullo de voces se oía desde el interior del edificio.

—Éste debe de ser el Centro de Reuniones —dijo Elena. Se volvió hacia *Tormenta* y *Plata* e hizo un movimiento circular con la mano. Los animales obedecieron inmediatamente y empezaron a moverse en círculo para mantenerse en calor.

Tom golpeó la gran puerta de madera con los nudillos tres veces.

—¡Adelante! —se oyó una voz.

El chico empujó la puerta y se metió dentro. Lo que vio lo dejó sin respiración.

Había ocho filas de bancos de madera con cojines a ambos lados de un pasillo ancho. En cada lado debía de haber unas cien personas, todos ancianos vestidos con túnicas de color escarlata. Pero no hablaban, ni siquiera murmuraban entre ellos. Estaban mirando un objeto situado encima de un altar de hielo que había en medio del pasillo: era un escudo que despedía una luz verde y pulsante. Tom reconoció inmediatamente el color del maleficio de Velmal.

«Ese escudo debe de ser de *Koldo*», pensó.

Estaba claro que habían atrapado a la Fiera y le habían quitado el escudo, li-

berándola del maleficio de Velmal. Eso explicaba por qué no luchaba. *Koldo* estaba atrapado en una horrible prisión porque sólo la maldad de Velmal podría hacer que intentara liberarse.

Un anciano vestido con una túnica se levantó y miró a Tom.

—Soy Dylar, el que manda en este pueblo. ¿Qué puedo hacer por ti, forastero?

Todas las caras se volvieron para mirar a los recién llegados. Muy pocas tenían una expresión amable.

—Debéis liberar al hombre de hielo —dijo Tom.

Los ancianos empezaron a reírse.

—¿Liberarlo? —dijo otro anciano—. ¿Y eso por qué? Era una maldición para Freeshor.

—Sé que esto no tiene sentido —dijo Tom—, pero sin su escudo, el hombre de hielo no supone ningún peligro. Haríais un gran bien si lo liberarais.

—Qué tonterías —dijo una voz—. La Fiera es nuestra salvación, nuestra riqueza.

—¡La Fiera es inocente! —gritó Elena—. Si la tenéis atrapada, morirá.

Los gritos de la gente taparon su voz, hasta que Dylar levantó una mano para pedir silencio. Después se bajó de su asiento y se acercó a Tom.

—Mira, niño, aquí no permitimos que los forasteros vengan a nuestras reuniones —dijo con voz calmada pero firme—. Te sugiero que te vayas...

De pronto, una sombra se alejó de la pared y atravesó la sala. El jefe del pueblo cayó al suelo.

Una figura encapuchada, alta y delgada, apareció delante de Tom. Se llevó la mano a la capucha y se la quitó lentamente. Tom reconoció su cara delgada y el pelo negro y largo.

—¡Freya! —exclamó.

La Maestra de las Fieras de Gwildor lo miraba con sus brillantes ojos negros.

—Por supuesto, ¿quién más iba a ser? —siseó.

CAPÍTULO SIETE

EL ESCUDO DE VELMAL

Dylar recuperó el control y se puso de pie.

—¡Atrapadla! —gritó.

Freya le dio una patada e hizo que el viejo se volviera a caer al suelo. Tom y Elena corrieron a su lado.

Los otros ancianos se levantaron de sus asientos y fueron hacia Freya. Ella consiguió quitarse uno de encima sin mucho esfuerzo. Cuando se acercó otro,

Freya lo levantó y lo lanzó al otro lado de la sala, hacia un grupo de personas que iban hacia ella.

—¿Estás bien? —le preguntó Tom a Dylar ayudándolo a levantarse. El jefe tenía la cara pálida.

—¿Quién es esa mujer? —preguntó.

Freya se abría paso entre la multitud, dándoles puñetazos y patadas a los ancianos. Sus movimientos salvajes eran como una nebulosa, pero el sonido de los golpes le indicaba a Tom que era una enemiga muy poderosa. Si hubiera luchado por el bien, Tom la habría admirado. ¿Por qué usaba sus grandes poderes para herir a gente inocente?

—¿Qué quiere? —preguntó Dylar. La respuesta era evidente para Tom. Freya se abrió paso hasta el centro de la sala.

—Quiere el escudo —dijo.

Elena había cargado una flecha en su

arco y apuntaba a Freya mientras ésta se movía por el Centro de Reuniones.

—No puedo arriesgarme a disparar, Tom —dijo—. Podría dar a alguno de los ancianos.

Por toda la sala se oían gritos de dolor a medida que los consejeros de Freeshor caían al suelo delante de Freya. La Maestra de las Fieras consiguió llegar al escudo. De un salto, se subió al altar de hielo.

—¡Esto pertenece a mi señor! —gritó cogiendo el escudo. Su cara, bañada en una luz verde, se retorcía de placer.

Elena disparó una flecha que pasó rozando las cabezas de los ancianos. Pero Freya se echó a un lado y la flecha le pasó volando.

—Vas a necesitar algo más que agujas de tejer para detenerme —aulló. Se pasó la tira del escudo sobre la cabeza para colgárselo a la espalda y saltó por encima de los asientos. Tom se alejó de

Dylar y fue detrás de ella abriéndose paso entre la multitud de gente que salía huyendo. Freya trepó por las gradas, rápida como una rata, hasta llegar a la más alta. Todavía estaba muy lejos de la única salida.

—¡No puedes escaparte! —gritó Tom desenvainando la espada con la mano izquierda—. ¡Ríndete!

Freya sonrió, levantó el escudo por encima de la cabeza y golpeó la pared con el canto. Una gran grieta se abrió haciendo un ruido ensordecedor. Tom salió disparado hacia ella, pero había demasiada gente. Freya volvió a golpear la pared y consiguió desprender uno de los bloques gigantes de hielo. Con un grito de triunfo, se metió por el agujero y desapareció en la noche. Tom miró hacia atrás y le dijo a Elena:

—¡Tenemos que seguirla!

Elena asintió y fue hasta la puerta.

Tom siguió a Freya por el agujero y se asomó. Estaba a unos diez metros del suelo, pero veía a Freya que se metía entre dos edificios de madera que había cerca del Centro de Reuniones. ¿Cómo había llegado allí tan rápido? Tom sabía que la pluma de *Arcta* que tenía en su escudo lo protegería y decidió saltar desde donde estaba hacia el suelo, sujetando el escudo por encima de la cabeza. Elena apareció por la parte de delante del edificio.

—¿Has visto por dónde se ha ido? —preguntó su amiga. *Plata* estaba a su lado y *Tormenta* pateaba el suelo con los cascos.

Tom señaló.

—Por ahí.

Se metieron por el callejón y pronto llegaron a unos pinos que delimitaban ambos lados de la cuesta. Tom intuía que Freya iría a donde estaba *Koldo*. Las noticias de lo que había pasado en el Centro de Reuniones se propagaron rápidamente por el pueblo y se oían los gritos de la gente asustada desde todas partes. Vio que Freya se metía entre dos árboles; el brillo verde del escudo aparecía y desaparecía. Tom vio a dos hombres que se pusieron en su camino, pero Freya los atacó y los tiró al suelo con el escudo verde. ¿Habría algo que pudiera detenerla?

Más adelante se veía el brillo amarillo de las antorchas que tenían prisionero a *Koldo*. Tom se deslizó por una montaña de nieve. Estaba seguro de que Elena no estaría lejos, pero no quería detenerse a comprobarlo. No podía arriesgarse a perder a Freya. Avanzó entre la nieve, pasó por encima de una pequeña zanja y entonces vio a su enemiga. Freya se había detenido y lo estaba mirando. A Tom le gustó ver que respiraba con dificultad después de su pelea.

«¡Así que no eres invencible!», pensó.

Koldo seguía sentado y abatido en el hielo con las antorchas brillando a su alrededor. Parecía incluso más pequeño que cuando Tom lo había visto la última vez, y ahora apenas era algo más grande que un hombre normal. ¡Ya no parecía una magnífica Fiera de Hielo de

Gwildor! La gente retrocedió al ver llegar a Freya.

—No te acerques más —amenazó Freya a Tom—, o acabaré con tu vida.

El chico desenvainó la espada y la sujetó en alto.

—No tengo miedo a la muerte ni a ti.

Dio un paso al frente, pero se sintió inseguro. ¿Podría enfrentarse a Freya con la mano herida?

La malvada Maestra de las Fieras golpeó el suelo con el escudo verde y Tom sintió que la superficie helada del lago temblaba bajo sus pies. Se abrieron unas grietas en el hielo. ¡Así que ése era el plan de Freya! Freya dio otro golpe y las grietas se hicieron más grandes. Tom sintió que la superficie del lago que tenía bajo los pies se inclinaba peligrosamente y casi se cae.

—¡Tom! —gritó Elena—. ¡Ten cuidado! ¡Te puedes caer en el hielo!

Mientras el muchacho intentaba recuperar el equilibrio en el lago, Freya se volvió hacia *Koldo*. Puso el escudo brillante en el suelo y le dio una patada para deslizarlo hacia él. El escudo salió disparado por el hielo y se detuvo a unos pasos de la Fiera, dentro del recinto. Tom no podía hacer nada.

Todos se quedaron en silencio mientras *Koldo* observaba el brillante escudo que ahora tenía a su lado. Sólo se oía el crujir del hielo.

—¡Cógelo! —gritó Freya. *Koldo* la miró. Si la había entendido, no se movía. Entonces volvió a mirar el escudo. ¿Tenía lágrimas en los ojos o era el hielo derritiéndose?

«Tiene miedo —notó Tom—. ¡Quiere ser bueno!»

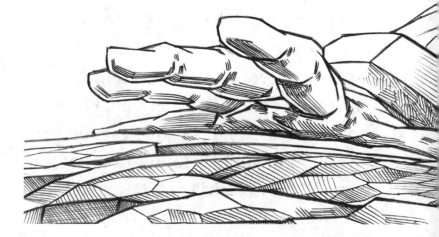

—¡Cógelo! —volvió a ordenar Freya.

«No lo hagas», rogó Tom en silencio.

Lentamente, *Koldo* alargó el brazo y cogió el escudo.

CAPÍTULO OCHO

PELEA CON EL GIGANTE DE HIELO

En cuanto *Koldo* tocó el escudo, se hizo más fuerte y más grande.

—¡He terminado mi trabajo! —se rio Freya. Dio media vuelta y salió corriendo, dando saltos por el borde todavía helado del lago.

Koldo se levantó. Era tan alto como dos hombres. Las cuerdas de su cuello se tensaron y se rompieron. La gente gritaba de pánico.

—¡El fuego lo detendrá! —gritó una mujer.

Pero estaba equivocada. *Koldo* pegó una patada haciendo que una de las antorchas que estaban en el suelo saliera volando e hiciera un arco en el aire como una estrella fugaz. En un abrir y cerrar de ojos, había pasado de ser un triste cautivo a un monstruo terrible. Volvía a ser una criatura de Velmal. Desde la orilla del lago helado, el caballo de Tom relinchó.

—Mantén a *Tormenta* alejado del centro —le gritó Tom a Elena—. El hielo es demasiado fino para aguantar su peso.

Tom envainó la espada y empezó a avanzar por el hielo, pero cuando apenas llevaba unos pasos, un trozo de hielo se ladeó peligrosamente y el chico empezó a resbalar hacia el borde. Clavó los talones en el hielo y consiguió evitar que su cuerpo cayera en las aguas heladas.

Koldo no tenía ese problema. Con cada uno de sus inmensos pasos se formaba un bloque de hielo por debajo de sus pies como si fueran las raíces de un árbol. No tenía ningún peligro de hundirse. La Fiera se alzaba ante los ciudadanos de Freeshor y se iba haciendo más grande con cada paso. Movió el brazo y derribó a tres personas como si fueran bolos de hielo. *Plata* se lanzó valientemente hacia las piernas de *Koldo* y por un momento consiguió distraer al Gigante de Hielo. La Fiera intentó darle un manotazo, pero el lobo era demasiado rápido. Algunas personas consiguieron ponerse a salvo, pero el muchacho tenía que idear un plan antes de que la Fiera matara a alguien.

Tom logró ponerse de pie y estiró los brazos para mantener el equilibrio a medida que el hielo se inclinaba peligrosamente. ¿Cómo iba a pelear así?

Debía de haber algo que pudiera hacer, algo que lo ayudara a balancearse...

«Claro, ¡la báscula!»

Miró a Elena que estaba con *Plata* y *Tormenta* cerca de la orilla del lago, donde el hielo seguía siendo grueso. Su amiga miraba hacia delante, con el arco listo para disparar. Pero las flechas eran inútiles con *Koldo*. Con mucho cuidado, Tom avanzó hacia ella sin quitarle la vista a *Koldo*. Por fin llegó al lado de *Tormenta*, buscó en sus alforjas con las manos heladas y sacó la bolsa de cuero. Dentro estaba la báscula.

—Espero no equivocarme —murmuró para sí mismo.

—¿Qué haces? —preguntó Elena—. No podemos salir corriendo.

—No —dijo Tom—. Espera y verás.

Oyó a *Koldo* rugir. Los ciudadanos atrapados intentaban escapar y se metían entre las piernas de la Fiera mientras ésta intentaba quitárselos de encima. Pero el hielo crujió y cayeron al agua. *Koldo* echó la cabeza hacia atrás y en su boca se dibujó una risa cruel: era la inconfundible risa de Velmal.

—Ayuda a la gente —dijo Tom—. Yo voy a enfrentarme con *Koldo*.

—Suerte —contestó su amiga moviéndose con mucho cuidado por el borde del hielo.

Tom volvió a subir al hielo flotante, con la báscula en la mano. Había llegado el momento de probar su teoría. En cuanto sentía que se desequilibraba y le resbalaban los pies, la báscula se movía en sentido contrario y hacía que recuperara el equilibrio. Dio otro pequeño paso y el hielo volvió a moverse; sin embargo, una vez más, la báscula lo ayudó a recuperarse.

«Por lo menos, ahora entiendo para qué vale esta recompensa», pensó Tom.

Koldo se volvió, y al ver que se acercaba, dio un pisotón en el hielo. Una red de finas grietas se extendió hacia Tom, pero el chico se mantuvo firme. A un lado, vio que *Plata* metía el hocico en el agua helada y sacaba a un hombre empapado y tiritando. Elena dirigía a otras personas para que fueran por las partes más gruesas del hielo.

Cuando a Tom le pareció que estaba lo suficientemente cerca de la Fiera, guardó la báscula bajo su abrigo de piel y corrió hacia delante para intentar recuperar el escudo. Sus dedos rozaron el borde, pero *Koldo* lo apartó y Tom cayó de narices en el suelo. Se le había quedado la mano herida debajo del cuerpo y no pudo evitar un grito de dolor.

A su izquierda vio un brillo verde y se puso de nuevo en pie de un salto. Se agachó al ver cómo el escudo verde cortaba el aire por encima de su cabeza. Estaba seguro de que el golpe lo habría partido en dos.

El suelo tembló cuando *Koldo* cambió de postura y pegó una patada. Tom se volvió y esquivó el gigantesco pie. Después levantó el escudo.

—¡Mientras la sangre corra por mis

venas, terminaré esta batalla! —gritó. Entonces bajó el escudo con todas sus fuerzas para darle a la Fiera en el pie, haciendo saltar trozos de hielo.

Koldo no hizo ningún ruido. Tom se quedó horrorizado al ver que donde le había dado el golpe volvía a crecer hielo sin dejar rastro de la herida. Levantó la vista y vio que la cabeza de la Fiera se volvía hacia él. Una sonrisa helada se

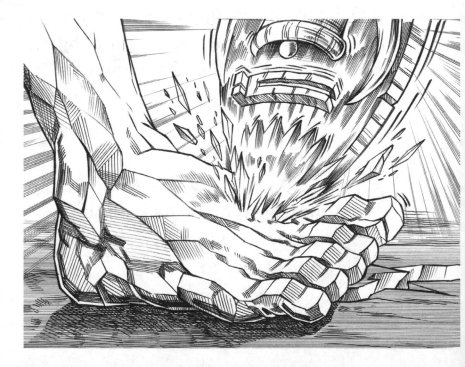

abría como una grieta en la cara del Gigante de Hielo. La Fiera le pegó una gran patada haciendo que Tom saliera disparado por los aires. Cayó al hielo y resbaló hasta una montaña de nieve. Su túnica chorreaba agua helada mientras intentaba recuperar el aliento. *Koldo* se dirigió hacia él dando grandes zancadas.

«¡Muévete!», se ordenó Tom a sí mismo. Pero las piernas no le respondían y la cabeza la daba vueltas. Vio doble la imagen de la Fiera mientras se le nublaba la vista.

Koldo levantó de nuevo el pie por encima de Tom.

La voz de Elena se oyó en la distancia.

—¡No!

El pie de hielo bajó.

CAPÍTULO NUEVE

LA BATALLA FINAL

Tom se deslizó en el último segundo, rodó por el hielo y oyó un gran crujido. El pie de *Koldo* había atravesado el trozo de hielo sobre el que había estado unos momentos antes. Mientras la Fiera luchaba por desengancharse, lanzó un rugido de rabia. Tom se puso de pie. El frío lo estaba dejando sin fucrzas.

Era inútil. ¿Cómo iba a vencer a una fiera invencible? Tenía que conseguir el escudo verde. Era su única esperanza. *Koldo* se abalanzó hacia él. Tom retrocedió hacia el hielo fino. No podía sacar la báscula porque necesitaba ambas manos para sujetar su espada y el escudo. Por debajo del hielo veía el agua, fría y mortal. Si caía dentro, se ahogaría antes de que nadie pudiera ayudarlo.

Koldo dio un paso más. Andaba con paso firme, y cada vez que ponía un pie en el suelo, se formaba hielo por debajo. Tom retrocedió, resbalando con cada paso y esperando que la Fiera lo atacara con el escudo verde y le diera la oportunidad de quitárselo.

Pero la Fiera no era tan tonta. Tom sabía que estaba esperando el momento oportuno para llevarlo hasta el hielo fino del centro del lago helado. Tenía que arriesgarse si quería ganar esa batalla.

Esperó hasta que *Koldo* estuvo muy cerca e hizo como si tropezara. La Fiera movió el brazo izquierdo. Tom lo esquivó con facilidad, después se agarró con los brazos a la muñeca de la Fiera. Aguantó con fuerza y sintió cómo lo elevaba por encima del hielo.

Koldo rugía de rabia y movía el brazo violentamente de un lado a otro, pero Tom aguantó. Con cada sacudida, sentía una punzada de dolor en la mano derecha. El hielo era tan frío que se le habían pegado los dedos y le quemaba

la piel. *Koldo* acercó el otro brazo y le dio un golpe despegándolo del hielo y haciendo que saliera dando vueltas por el aire. La báscula se le cayó del abrigo haciendo ruido en el suelo helado. Tom aterrizó en el hielo y resbaló hasta notar que el agua helada le cubría el brazo. Estaba en el borde de un trozo de hielo y el agua lo salpicaba. Si hubiera caído un poco más lejos, se habría ahogado.

«¡La báscula!», pensó. Miró a su alrededor, pero no la vio por ninguna parte.

Koldo avanzaba hacia él, más grande y más fuerte que nunca.

Al otro lado del hielo, Elena se había subido a *Tormenta* y sujetaba una antorcha encendida en cada mano.

—¡Tom! —gritó—. ¡Usa una de éstas!

«Podría funcionar», pensó el chico, pero su amiga estaba demasiado lejos. Además, ¿podría sujetarla con la mano izquierda?

Elena lanzó la antorcha y ésta salió volando dejando una estela de llamas en el aire. Tom alargó la mano izquierda, pero la antorcha pasó cerca de sus dedos y se deslizó por el hielo.

Koldo se puso entre él y Elena. Bajó una mano y cogió a Tom por la cintura. Apretó sus dedos helados de modo que el muchacho apenas podía respirar. Los ojos de *Koldo*, unos agujeros negros en el hielo, lo miraron.

La mano se cerró con fuerza y Tom apretó los dientes seguro de que le iba a romper las costillas.

«No pienso darle la satisfacción de oírme gritar», se prometió a sí mismo.

De pronto, una lluvia de chispas cayó sobre él y *Koldo* giró la cabeza rápidamente. Una antorcha en llamas volaba por los aires, pero cayó en el agua y se apagó. ¡Elena tiró una segunda antorcha a la cabeza de *Koldo*! Con la sorpresa, la Fiera aflojó la mano en la que sujetaba a Tom.

Éste aprovechó el momento para coger su espada con la mano derecha y blandirla haciendo un arco. Su arma chocó en el hombro izquierdo de *Koldo* y se clavó en el hielo, despidiendo una lluvia de trozos de hielo. *Koldo* aulló de dolor. Tom sacó la espada del hielo y volvió a blandirla. El filo se clavó profundamente en la articulación, pero no consiguió atravesarla.

Koldo lanzó un grito agonizante mientras Tom blandía la espada por tercera vez, cortándole el brazo por completo. El brazo cayó al suelo con el escudo. El miembro helado se partió en miles de trozos y el hielo fino crujió. Durante un momento, el escudo flotó en la superficie, pero después se hundió en las aguas oscuras. Tom vio cómo el brillo verde desaparecía en las profundidades.

Se sintió tremendamente aliviado. ¡*Koldo* estaba libre!

Los ensordecedores gritos de dolor de la Fiera se le clavaron en los oídos a Tom, pero finalmente abrió la mano y le soltó.

Tom salió por los aires y entonces cayó

de pie en el lago helado. El hielo crujió bajo su peso y a continuación Tom
empezó a hundirse en el agua. El frío le
dejó sin respiración y su corazón parecía haberse detenido. El agua helada se

le metía por la boca, por la nariz y los oídos.

Intentó salir a la superficie, pero ya no tenía fuerzas. Estaba aturdido y la cabeza le daba vueltas.

Sólo le quedaba algo claro: nunca más volvería a ver la luz del día.

CAPÍTULO DIEZ

LA PROFUNDIDAD DEL MAL

El frío apretaba a Tom como un puño. Sus pulmones estaban a punto de estallar.

En el fondo del lago brillaba una figura blanca que se fue haciendo cada vez más grande. Tom se sentía atraído hacia ella. Estaba hundiéndose rápidamente y los pulmones gritaban de dolor. Incapaz de aguantar más la respiración, abrió la boca para intentar respirar.

Pero sus pulmones no se llenaron de agua, ¡sino de aire!

Tom balbuceó mientras se quitaba el agua de los ojos. Estaba boca abajo, mirando hacia el lago helado. El agua congelada le empapaba la ropa. Con mucho esfuerzo, se dio la vuelta y se encontró cara a cara con alguien que conocía muy bien: *Koldo*. Tom estaba en la gran palma de su mano. La Fiera había metido el brazo en el agua y lo había sacado.

Tom estaba feliz. *Koldo* volvía a ser bueno y esta vez, para siempre. ¡Había liberado a otra Fiera de Gwildor!

El Gigante de Hielo cruzó el lago helado con grandes zancadas y puso a Tom suavemente en el suelo. Elena se acercó corriendo.

—Oh, Tom. ¡Pensé que te habías ahogado! Pensé qu...

—Es-estoy bien —contestó el chico con un castañeteo de dientes.

—Toma —le dijo ella poniéndole su abrigo de piel encima—. ¡Estás morado del frío!

—M... mi escudo —dijo Tom—. La campana de *Nanook*.

Elena le acercó el escudo a su amigo y frotó la campana. Inmediatamente despidió calor.

—Te estoy muy agradecido —dijo Tom—. Si no hubieras tirado la antorcha, *Koldo* me habría aplastado.

Elena sonrió.

—Ahora ya ha pasado el peligro. El maleficio de Velmal se ha deshecho.

—Y el escudo verde ha desaparecido para siempre —dijo Tom.

Koldo seguía a su lado y emitió un sonido que parecía una risa.

—¡Mira, Tom! —dijo Elena—. ¡Su brazo!

El chico miró a su nuevo amigo con admiración. El brazo que le había cortado le estaba volviendo a salir. *Koldo* se agachó y puso un poco de nieve alrededor del brazo nuevo para hacerlo más grande.

Tom acarició a *Tormenta* y el caballo le dio un golpecito en el hombro con el hocico.

La Fiera buena se agachó a su lado y alargó una mano. Tom vio que el Gigante de Hielo le estaba ofreciendo algo.

—¡La báscula! —exclamó Elena—. Se te había caído.

Tom la cogió y la metió en la bolsa de cuero, junto con las otras recompensas mágicas.

—Gracias —dijo.

La Fiera se enderezó y asintió. Después, se dio la vuelta y regresó hacia el pueblo.

—¿Crees que estará a salvo allí? —preguntó Elena.

—La gente del pueblo ha visto lo suficiente para saber por qué *Koldo* fue tan violento. Sólo un maleficio haría que una Fiera se comportara así. Supongo que ahora aprenderán a vivir unos con otros.

En el cielo, un rayo de luz morada cayó en el hielo y formó un círculo. La tierra tembló y *Plata* gruñó. En medio del círculo apareció la silueta de una figura.

—Velmal —murmuró Tom.

—Por supuesto —contestó una voz llena de rabia—. ¿Qué pensabas? ¿Que sólo con liberar a una de mis Fieras me vencerías?

—¡Déjanos tranquilos! —gritó Elena—. No te tenemos miedo.

Velmal se rio.

—Pues deberíais. Seguro que pensáis que vais a ser capaces de salvar a los habitantes de Gwildor, pero estáis muy equivocados. Os aseguro solemnemente que vuestra siguiente Búsqueda será la última. Ninguno de vosotros saldrá con vida de Gwildor.

Tom desenvainó la espada, pero Velmal desapareció en una nube de humo morado. Tom no sabía si el brujo malva-

do podría oírlo, pero gritó de todas formas al hielo:

—¡Mientras la sangre corra por mis
venas, no permitiré que tengas prisio-
nera a ninguna Fiera!

Los dos amigos recogieron sus cosas y
se alejaron con *Plata* y *Tormenta* del pueblo de Freeshor. Estaba a punto de ama-
necer y ya era demasiado tarde para
acampar. Además, todavía debían liberar a dos Fieras del maleficio de Velmal
para que Tom pudiera regresar a su casa
y volver a ver a su padre, Taladón. En
compañía de Elena, *Plata* y *Tormenta*,
sabía que lo conseguiría.

Enfréntate a las Fieras.
Vence a la Magia.

www.buscafieras.es

¡Entra en la web de *Buscafieras*!

Encontrarás información sobre cada uno de los libros,
promociones, animación y las últimas novedades sobre
esta colección.

Fíjate bien en los cromos coleccionables que regalamos
en cada entrega. Cada uno de ellos tiene un código
secreto en el reverso que te permitirá tener acceso
a contenidos exclusivos dentro de la página
web de *Buscafieras*.

¿Ya tienes todos los cromos?
¡Atrévete a coleccionarlos todos!

¡Consigue la camiseta exclusiva de BUSCAFIERAS!

Sólo tienes que rellenar **4 formularios** como los que encontrarás al pie de esta página de **4 títulos distintos** de la colección Buscafieras. Envíanoslos a EDITORIAL PLANETA, S. A., Área Infantil y Juvenil, Departamento de Marketing (BUSCAFIERAS), Avda. Diagonal, 662-664, 6.ª planta, 08034 Barcelona

Promoción válida para las 1.000 primeras cartas recibidas.

Nombre del niño/niña: ....

Dirección: ....

Población:.. Código postal:....................................

Teléfono: .... E-mail: ....

Nombre del padre/madre/tutor: ....

☐ Autorizo a mi hijo/hija a participar en esta promoción.

☐ Autorizo a Editorial Planeta, S. A. a enviar información sobre sus libros y/o promociones.

Firma del padre/madre/tutor:

BUSCAFIERAS
Nº 28
PRUEBA DE
COMPRA